Et un dernier jardin pour la route...

Contes de Daniel L'Homond, nouvelle de Jean-Paul Dumas

Peintures de Alcho

Préface de Yannick Jaulin

IFIE ÉDITIONS PÉRIGORD

Nul ne sait d'où vient le chemin,
nul ne sait où il va.
Nous croisons des jours
et nous croisons des nuits,
certaines sont singulières,
car elles sont les plus longues,
une autre ne finit pas.

Préface

En Amérique du Sud, on appelle conte, un genre littéraire lié au réalisme magique : une vision du réel renouvelée et élargie par la prise en considération de la part d'étrangeté, d'irrationalité, de bizarrerie ou de mystère que l'existence et l'esprit de chaque humain recèlent.

Il se pourrait d'ailleurs que ce réalisme magique soit né en Périgord, là où les premiers mélanges entre Néanderthal et Sapiens Sapiens ont eu lieu. Les premiers couples à haute teneur en gènes d'échappement.

Dumas et L'Homond, nos auteurs de jardins sont un étrange couple mixte, il faut le dire. Un damier d'encres sympathiques. Les fumerolles occitanes qui se dégagent de leur chapeau ont d'étranges vertus. Elles vous emmènent par des chemins ouateux vers des jardins suspendus entre rêves et terres. Le Périgord serait alors la banlieue de Babylone.

L'un y promène ses intérieurs, l'autre ses personnages tenus la langue à la main. Tous deux rêvent de jardins paradis et marchent leurs chemins de vies jusqu'aux rivages inconnus.

Dans tout jardin, on a semé un paradis, un rêve d'Adam pour retrouver l'enfance du monde. Chaque jardin est un nombril nous rapprochant du ciel, du ventre de la mère, car le dieu du début des temps était forcément une mère posée à même la terre. Comme dans les contes, nous portons des racines et grimpons les feuillages jusqu'à traverser les mondes, à dos de carbone et de chlorophylle. J'écris paradis car le mot paradis désignait chez les Perses anciens, un enclos royal. Un enclos empli de plantes ou de bêtes. Ces jardins ci faits de mémoires et de convulsions sont imparfaits. Ils alternent les joyeusetés et les humeurs sombres, les opulences et les gâchis.

Ils plongent dans des temps où se chevauchent et se percutent l'Histoire et les histoires, où dans les béances du calcaire les deux compères promènent leur pudeur en laisse en faisant pisser leur colère au détour du chemin.

Le format court permet ce vagabondage dans cet étrange dédale. Il fait tressauter l'attention et burquer sur quelques pierres mais…

« N'oubliez pas que, dans un labyrinthe, c'est vous qui choisissez le chemin »

Yannick Jaulin

Dernier jardin

Nouvelle de Jean-Paul Dumas

Cette nuit était singulière, et la ville dormait contre la rivière.

Des lumières, il y en avait, de temps en temps, sur la Route Nationale 89. Sans mystère. D'autres derrière des volets, à travers quelques portes, me surprenaient, m'attiraient. Elles parlaient de vie et les rues étaient mortes et froides. J'avais envie d'être avec eux, envie d'être l'un d'eux. Je ne savais pourquoi, mais ce n'était pas mon rôle. J'avais des rues à parcourir, et chacune conduisait à un jardin.

La première menait au grand jardin, celui que l'on éclaire, celui dont ils sont fiers, où ils ont gravé leur nom, comme si un jardin n'avait pas besoin de pluie, de pluie qui finit pas tout effacer. Comme si un jardin était fait pour porter la mémoire des hommes qui se voudraient grands pour échapper à la nuit.

Tout le jour il y avait eu beaucoup de gens dans ce jardin, des gens qui parlaient, riaient, commentaient, et là rien, personne, le silence des hommes et le bruit de la terre.

Les voitures garées autour, avec les cars pour les garder, n'étaient plus là. Je regardais les rochers qui bordent le chemin haut, en me disant que la pierre est bien imposante à polir.

C'est à ce moment-là que j'en ai entendu un. Un qui klaxonnait, un car qui klaxonnait encore, le bruit des portes qui coulissent et eux qui descendent. Eux, quarante personnes, jauge commercialement incorrecte, avec un chauffeur resté au volant que je distinguais mal.

Ils sont venus en se promenant, parlant, racontant, mais je ne les comprenais pas et eux ne me voyaient pas. C'était comme s'il y avait une épaisse glace entre nous, car moi je les voyais.

Tout était normal sauf… sauf leurs habits pour ceux qui en avaient. Certains portaient de beaux costumes, parfois même un frac et un chapeau melon, d'autres des armures, d'autres des guenilles du temps passé, du temps des croquants, d'autres des peaux de bêtes, d'autres je ne saurais vous dire. Peut-être l'auteur…

Comme s'ils étaient venus du temps d'avant le temps des époques, d'autres même ne portaient rien.

Tous mêlés, joyeux, entourés d'une étrange lumière qui venait d'eux, une lumière de lune d'hiver.

Ils étaient revenus pour voir ce que nous avions fait de leur ancien chez eux, d'une terre où ils avaient vécu et peut-être été enterrés.

Le jardin avait l'air de leur plaire, les jets d'eau les amusaient, ils passaient à travers sans se mouiller, comme ils passaient à travers les murs de la serre, jouaient avec tout ce que contenait la boutique et buvaient les boissons du bar sans que ne baisse le niveau des bouteilles. Rien ne changeait dans les jardins sauf, sauf une odeur forte et douceâtre, mêlée de terre et de moisi, qui progressivement recouvrait tout, et cette drôle de clarté envahissant les allées.

J'ai quitté le jardin, nous n'étions pas ennemis, mais encore étrangers. Il était vain d'espérer retrouver parmi eux des visages aimés ou seulement connus. Il n'était pas encore minuit.

En revenant vers la ville, j'ai entendu un grand bruit au-dessus de ma tête, le bruit d'un car klaxonnant, empli de gens de paroles, mais je ne vis rien.

Je suis entré dans le château-bistrot éclairé. À cette heure je pouvais. Discordante musique des voix d'un orchestre sans chef. Une autre odeur. Une lumière brutale repoussait les derniers lambeaux de lueur qui flottaient encore devant mes yeux.

Je n'en vis qu'un.

Ils le nommaient « Petit ballon de rouge », et c'est vrai qu'il était petit, tout petit en écoutant le vieux disque du juke box. Il buvait son vin écoutait, rapetissait. Il est rentré par la fente où l'on met la monnaie et tout en tournant sur le disque, il continuait à rapetisser. Il est devenu la voix, les notes de la musique et il est parti pour les palaces, les bras et les cuisses des femmes, les salles de concerts. Loin. J'ai fini son verre et suis ressorti.

Dans l'ancien jardin public, il ne reste que la statue. Ils ne sont pas dérangés.

Mes pas dans les flaques étaient silencieux et les gouttelettes n'étaient que brouillard.

Tous en rond, ils l'écoutaient parler d'une voix calme et monocorde, d'une voix entendue, qui n'aurait pas besoin de convaincre.

Les nains formaient les premiers rangs, les outils à leurs pieds, leurs bonnets à la main. Les elfes tournaient autour des branches hautes du dernier arbre de vie. Ils dansaient une lumière qui éclairait la scène. Dans les rares buissons, luisaient attentifs les durs regards de ceux qui dans le petit monde en sont les assassins. La femme de pierre parlait, eux écoutaient. Les lèvres immobiles du grand corps dénudé, expliquaient la grande maison derrière elle, la maison pour les petits des hommes, la raison de la mort du jardin dont elle avait pris la place. La maison des petits avait détruit la demeure des tout petits, des hors du regard que ne voient que ceux qui rêvent. Grande ombre immobile, regards luisants, regards mouvants parmi les herbes et quelques fleurs ordonnées.

La voix de pierre s'est tue, la nuit continuait porteuse du châtiment futur d'un enfant. Il ne connaîtrait jamais la nuit, condamné qu'il était au jour éternel. Aucune ombre ne pourrait jamais pénétrer ses paupières.

Tout s'est tu s'est éteint. J'ai parcouru l'ancien jardin, une rue, une place.

Lumière furtive derrière les volets, flaque miroir de lune.

Dans ce pré derrière, un grand panneau, des chiffres et quelques noms : futur jardin public. Le futur et le passé s'enlaçaient, n'étaient qu'un pour qui savait.

Les loups étaient tout alentour du pré, crocs brillants, noirs regards d'ombres noires. Je ne distinguais réellement aucun d'eux, ils étaient seulement une foule de silhouettes emplies de force. En ce temps, les loups avaient faim, et ils tuaient. Ils étaient gibier et ils étaient chasseurs. Les hommes tremblaient dans les nuits porteuses de peurs à travers nos mémoires.

De l'endroit le plus sombre, là où les arbres semblent surgir de la petite rivière, l'homme est sorti et s'est avancé en plein milieu du pré. Nu. Comme une grande herbe sauvage surgie de nulle part, il a dansé au son d'une musique que lui seul entendait. Il s'est immobilisé, s'est mis à marcher, et les loups l'ont suivi. Il en venait de partout, des noirs, des gris, des blancs venus de toutes les histoires, surgis de toutes les peurs.

Leur marche comme une danse, tous disparurent derrière lui, en direction des grottes et des rochers d'au-dessus de la ville. Là, les hommes d'un autre temps avaient peint d'ocre et de noir, des silhouettes d'hommes sur des corps de loups, au plus profond des cavernes.

La grande place vide ombrée de quelques voitures. Un chien est passé d'un pas un peu pressé, un peu en biais. Je lui ai souri. Je souriais souvent aux chiens, et presque tous répondaient. Sourires complices, sourires gênés quand la baudruche décolorée ou virilisée, en laisse, leur faisait honte. Les chiens qui reniflent tout, sentent bien la bêtise.

Au fond de la place, le monument aux morts au-dessus de la rivière. Je lisais toujours la liste de noms sur les monuments aux morts, pour les faire vivre un peu. Ceux qui font des discours ne parlent pas d'eux, seulement lire les noms c'est leur faire place, c'est prendre place. Du moins avaient-ils la rivière, elle disait la liste et recommençait.

Chacun d'entre eux était présent dans les remous, le courant leur parlait. Là seulement, mais là.

Le château-bistrot. Je savais que Galu n'y était plus, mais je savais ce que je cherchais. Galu, comme son père et le père de son père, était gros, gros à la façon d'un pays de châtaignes, et il était crieur public. On le nommait « vin rouge parole ». C'était lui qui par les rues, disait les mariages, les enterrements, les coupures de courant, les avis à la population. Il marchait lentement, lourdement, s'arrêtait sur ses larges pieds, gonflait son énorme poitrine et soufflait la mort, la vie ou l'amour des gens. Petit, j'avais peur de lui et de ce qu'il allait dire. Il incarnait toute notre vie, notre destinée même puisqu'il était aussi bedeau. Grâce à Galu, le moment venu, personne ne prenait seul la route qui monte tant jusqu'au cimetière. Il n'y avait alors pas de voyageur solitaire. Il est mort dans une de ces grandes maisons où l'on rassemble les vieillards.

Personne ne l'a su. Il n'y avait plus de crieur public. Il est parti seul, pour son ultime coin de rue.

La musette était là. À l'intérieur une chopine de rouge, un bout de pain, quelques vieux outils. Je l'ai mise sur l'épaule et suis ressorti.

Le petit potager de la maison aux volets bleus, comme un carré empli de rectangles réguliers. Pas une herbe de trop, pas un légume en moins. Une balançoire devant chez lui qui vivait seul. Peut-être avait-il aimé, espéré, attendu ?

Sur le devant du carré, le cerisier qu'ils avaient coupé pour élargir le trottoir et mettre un réverbère. Il était là aussi sûrement que le vieux s'était pendu à une branche la veille qu'ils ne le coupent.

Il l'aimait, pas à cause des cerises qu'enfants nous lui volions quand il dormait ou faisait semblant. Ils avaient grandi ensemble, il le trouvait plus beau qu'un réverbère. Seulement cela.

Il y a longtemps, le vieux vivait seul et le sexe ne meurt pas comme le corps vieillit. Il avait sa solution à la mesure de ses grosses mains, de son imagination et des visages des femmes qu'il croisait. Il décorait ses rêves de visages aperçus, de corps devinés, ne volait rien, juste des images.

Il sortit à travers la porte dans sa propre lueur et coupa des fleurs. Il faisait un bouquet. De désir, de plaisir, de sourires, de merci. Il me précéda dans la rue, de ses pas sans empreinte, nous allâmes l'un derrière l'autre.

Devant la porte de la femme aux cheveux roux, il posa le bouquet doucement, comme le corps d'un enfant endormi. La femme continuerait à ne pas savoir quel étrange amant elle avait. Si les fleurs ont un langage, elle ne pouvait entendre les paroles de celles-ci. Elle n'était pas du même monde.

L'une des rues longe le grand jardin du rugby. Il était désert. Rumeur d'une foule qui gronde, scande, insulte, aime. Une seule grande voix. Respiration haletante des joueurs s'entraînant sous les ordres d'une autre voix. Cris. Cliquetis de crampons de fers noyés dans la brade et la lueur des projecteurs. Odeur d'une peur animale, d'une excitation, de camphre, de lessive sur les maillots, de sueur. Ils sortirent sur le terrain, colonne blanche, colonne bleue. La foule avait surgi derrière son cri, comme à l'entrée du taureau.

Sur son buste d'homme, il chargeait et saignait. Rouge. Ballon dans le ciel. Cris qui guident et qui égarent. Sifflet, trompette. Douze jeunes corps sur le sol. Ils se relèveront, pas le taureau.

Les courses avaient, dans l'herbe mêlée de boue, dessiné des cercles enchevêtrés.

Comme un grand corps gisant. Tout se tut.

Le bord de la RN 89, je volais à hauteur d'homme, éprouvais crainte et force, crainte et certitude, vers un danger ignoré et familier. Comme un rêve.

La fontaine carrée, poussée comme un mauvais champignon. Elle était fontaine d'hommes, mais pas fontaine pour les hommes. Ses lignes trop droites avaient coupé les rires d'enfants qui emplissaient la place. Le bruit de son eau ne chantait aucun refrain. Il se joignait à celui de la pluie et martelait le silence avec de l'absence.

Château-bistrot. Un homme grand, fort et barbu appuyé au comptoir. Il ne parlait pas aux autres. Seul et rassurant. Devant lui le verre moussait. Il sortit un paquet de gitanes. Sourit. Sourit au paquet. Dans la fumée de sa cigarette dansait la femme aux longs cheveux. Il fumait, elle tourbillonnait. Le tambourin scandait, elle tournait comme ma tête. Seuls l'homme et moi la voyions. Il me sourit à moi aussi. Paisible, sûr de lui. Fumée blanche et bleue de la gitane.

Il a éteint sa cigarette avec douceur, avec précaution, m'a encore souri.

De nouveau seul devant son verre qui moussait. Il m'a offert une cigarette.

En tendant la main, doucement sans me brûler, il a fait passer la flamme de l'allumette sous ma paume, comme pour me réchauffer.

Sur le pont, sous la pluie. Ne pas regarder l'eau. Elle était noire et j'avais peur de voir surgir des visages. Corps d'hommes morts, branches d'arbres morts. Au fond de la vallée, une nuit le moulin avait brûlé. Souvenirs de lueurs et de frémissements. Cris des bêtes des anciens abattoirs. Enfant, je bouchais mes oreilles avec des poings de révolte.

La route qui longe la rivière. Comme de petites rues conduisent aux endroits où se tenaient les planches à laver et les enfants pêcheurs. Le jour ne masquait plus l'odeur de la rivière.

Fleurs qui moussent comme du savon, quand on les presse entre les mains.

Une rue familière. Maison fermée dans la lueur. Je les voyais, les entendais.

Visages de vieux, d'adultes et d'enfants.

Conversations de toujours dans une odeur de cuisine.

Un homme un peu gros dans le petit jardin. Juste en face de la maison. Présence d'ombre et de lueur blanchâtre. L'arrosoir à la main.

À proximité, des halos de femmes tricotaient, bruits d'aiguilles sur des phrases inaudibles. Un transistor dans la rue, arrivée du Tour de France. Bruits de mots.

La vieille école. Derrière le bâtiment, des restes d'un escalier conduisent au parc Jeanne d'Arc.

Elle était assise sur un vieux banc. Frisée avec une jupe plissée et de courtes chaussettes blanches.

Il est arrivé par le sentier qui vient de l'obscurité du parc. Comme elle, il pouvait avoir dix-sept ou dix-huit ans. Un béret sur la tête, un blouson, une mitraillette à l'épaule. En s'asseyant, il a posé sa mitraillette sur le banc. Pas loin. S'ils se sont parlés, je ne pouvais les entendre. Ils étaient pressés, impatients. Leurs mains cherchaient leur sexe dès qu'ils se sont touchés. La jupe plissée remontait et les cuisses qui s'ouvraient étaient blanches. Il défit son ceinturon comme elle enlevait sa culotte blanche.

Il ne parvenait pas à la pénétrer sur le banc, elle se leva, s'adossa au puits. Son pantalon était sur ses chevilles et ses cuisses blanches étaient encore celles d'un enfant. Quand il put s'enfoncer je ne la vis pas. Il n'y avait que l'enfant soldat pénétrant la mousse du puits, comme happé par son sexe. Comme s'il se baignait en des larmes de mésange.

Il n'y avait que la mousse sombre, une herbe sauvage, et l'air sentant la menthe fraîche.

Les éclairs rouges de l'autre côté de la colline, une fumée blanche pénétrait le brouillard.

Bruits violents des détonations. Bruits secs répétés. Silence.

C'était durant une nuit que les maquisards étaient morts dans la maison de la colline. Pas loin.

La sentinelle aimait pendant qu'ils dormaient.

Les hommes aux casques ronds et aux bottes noires étaient venus sans bruit, de loin, dans le silence. À peine plus âgés, ils avaient courbé les fleurs et pris les vies.

Ai-je jeté la mitraillette dans le puits, ai-je fait le geste ?

Le couloir du service de gériatrie sentait le médicament, le désinfectant et l'urine.

Rangés par deux dans leurs chambres, à cette heure de la nuit, les vieux dormaient.

Ronflements, gémissements, vagissements, veille, attente, mots épars échappés des rêves.

Au bout du couloir, le pot de la grande plante était vide. Forme sombre, tapie.

Dans la demi-clarté blanchâtre, ponctuée de grandes lumières vertes, ce grand récipient vide.

En arrivant la veille, poussé dans son fauteuil roulant, il avait immédiatement vu et saisi la plante, du fond de ses yeux. Elle y était restée, sans manquer à personne.

Quand le matin est arrivé, seule l'odeur était au rendez-vous. Odeur de ses entrailles et odeur d'hôpital. Il avait gémi, un grand cri tourné vers l'intérieur. Son corps était humide de la nuit, le vieux avait pissé, pendant que l'enfant de ses rêves pleurait.

Durant quelques heures, le sommeil avait vaincu son angoisse emportée par des fragments de rêves. Marche dans les rues et les jardins de la ville. Temps épars. Il ne voyait plus, la nuit se poursuivait. Mais il avait la plante, mouvante, vivante.

Il gardait au fond des yeux, assez d'eau pour la conserver en vie, elle l'accompagnerait.

La main plus douce que les autres a caressé son bras. Main de douceur, pour apaiser, partager.

L'odeur de sa plante devenait menthe fraîche. Le fond de ses yeux en était tapissé. Elle imprégnait son corps, son être. Au bout des doigts, la menthe se mêlait au parfum du sexe de la fille à la jupe plissée et aux chaussettes blanches. L'humidité du corps était celle du désir, du plaisir.

ALCHO

Lentement, il remonta sa main à la hauteur du nez, comme un sourire d'homme enfant. Ses mains sur ses cuisses blanches, dans une odeur de menthe et de mousse.

Il chavira dans un temps vide, insensible aux bruits de la chambre et du couloir.

La silhouette sombre de la plante était là, ne marquait pas les heures, veillait.

L'aiguille pénétra la chair. Comme un roncier qui griffe les jambes nues de l'enfant en quête de mûres sauvages. Seulement un très court instant pour goûter du temps enfoui. La plante était douceur, elle n'était pas griffures. À côté de lui, comme une odeur de cuisine. Bruit de plateau posé, formules de bon appétit pour l'occupant du lit voisin. Il percevait de façon lointaine les petits bruits familiers d'un repas. Un peu plus tard, il perçut une autre présence, chaise tirée, bruit du journal ouvert, bourdonnement très vague de paroles. Son voisin avait de la visite. Cliquetis des aiguilles à tricoter. La plante du fond de ses yeux poussait dans le petit jardin, de l'autre côté de la rue. De la maison d'en face, s'échappait une odeur de cuisine. Lui, l'arrosoir en main, veillait sur elle en écoutant le transistor. Son esprit glissa dans la nuit de ses yeux et l'abandon du corps.

Il sentit l'odeur de tabac qui imprègne les mains et l'haleine des fumeurs avant que son corps bascule sur le côté, pour mieux lui enlever la couche. L'infirmier agissait avec force, mais en prenant soin de ne pas éveiller la souffrance lovée au fond de lui. Force rassurante, bienveillante, silencieuse. Sa première attention fut pour chercher la plante. Elle était là. L'angoisse ne l'étreignit pas. L'humiliation avait disparu, comme repoussée. Il sentit un peu d'eau passée sur son visage et ses lèvres en même temps que ses mains touchaient le métal froid qui enserrait le lit. La cage de la nuit. Sa plante était un arbre au bord de la rivière. Elle portait son odeur de sable, de vase, d'herbes flottantes. Elle était ces fleurs qui, mouillées et pressées dans la main, moussent comme du savon. Elle était toutes les odeurs du pré. Nuit sans rêve, temps sans repère.

La main passait sur son corps une pommade dont il sentit l'odeur avant le contact. Il ne ressentit plus de brûlure sur la chair meurtrie au contact du drap. Il ne sentait plus rien que l'odeur qui apaise. Souvenir d'un corps vigoureux prêt à tous les combats. Comme une clameur dans sa tête, une odeur de transpiration, la vision de son propre corps gisant au sol, lointain.

La plante baignait dans l'eau de ses yeux, comme le bouquet dans l'eau du vase. Il en sentit l'odeur sans avoir rien entendu. C'était comme si les fleurs avaient poussé d'un coup, comme si la plante s'était transformée. Petits bouquets, immenses parterres, odeurs de buis, image d'une femme rousse, silhouettes, bruits de conversation, de gens qui se pressent, s'agitent. Ses mains veulent se retenir à la plante, à une branche d'acacia. Lointaine odeur de terre et de moisi.

Noir.

Le vieux était assis dans le parc, à côté d'un puits, sur un banc de pierres. Il avait le regard fixe, absent, il était pâle. Au-dessus de l'endroit où il se trouvait, les odeurs du grand jardin. En dessous du parc, quelques brèves lueurs de la petite ville et la rumeur de la RN 89. Les bras posés sur les genoux, il attendait. Juste à côté du banc, une grande plante verte dans un pot. Tout habillé de noir et de blanc, il portait une curieuse chemise blanche emplie de petits motifs sombres dans la nuit. Des arbres, des fleurs, un personnage minuscule avec un béret, un autre très gros, des loups, des nains, des elfes une femme dansant, un enfant. Des coups de vent ployaient parfois les branches de la plante vers lui, comme pour qu'il les sente. La lumière de son corps et celle de la lune se rejoignaient.

Immobile dans la pluie.

Quand le car est arrivé, précédé de plusieurs coups de klaxon, il s'est levé lentement, sans hâte, a pris la plante sous son bras comme si elle ne pesait rien, et s'est avancé. Il a rejoint le car garé sur la place, juste à l'entrée du parc. Son pas s'accélérait comme son regard s'animait et il distinguait à présent le bruit des conversations joyeuses, animées. Ils lui avaient gardé une place à côté de l'allée, pour qu'il puisse déposer la plante à côté de lui. Il était assis à côté d'un homme élégant portant un frac. Ceux du siège de devant étaient vêtus de peaux de bêtes, ceux du siège de derrière étaient des croquants. Immédiatement il a pris part aux conversations et son odeur de terre et de moisi s'est mêlée à celle des autres.

Le car a démarré en klaxonnant à nouveau, sans éveiller aucun regard, aucune attention, dans la petite ville endormie. Il a rejoint là-haut, tout en haut, le cimetière, ce grand jardin des morts. Quand ils furent tous descendus, le car vide cette fois a redescendu la route en klaxonnant encore. La silhouette du chauffeur agitait la main, et ils lui répondaient. Au-dessus de l'obscurité de la ville, tout était éclairé, chaque tombe était lumière. Ils se promenaient dans les allées comme en des rues. Chacun montrait sa maison ornée de fleurs et de plaques. Souvent ils souriaient face à des regrets eternels qui n'avaient duré qu'un instant. Et ils entraient, et ils sortaient.

C'était comme un concours de villages fleuris. En plus gai.

Puis tous ont regagné leur logis de marbre, de pierre ou de terre.

J'ai vu celui qui m'était destiné. Je connaissais. J'étais déjà venu souvent. Pas une surprise. J'ai posé la plante verte devant l'entrée de mon logis. Il n'était pas encore minuit et la porte ne pouvait s'ouvrir. J'attendrai. Eux pouvaient dormir, pour moi le moment n'était pas encore venu

J'ai décidé d'aller me promener dans le bois du dessus. Celui de la Maladredie. À côté se trouve la maison qu'ils appellent la maison du diable. Pas de diable. Pas de lumière. Pas de vie. J'ai pénétré dans la forêt éclairée de ma propre lueur blanche. La pluie qui ne tombait plus, avait tout parfumé d'une odeur de mousse. J'aimais porter les feuilles humides à mon visage, à mon nez. Parfois même, à ma bouche. J'aimais les saisir à pleines mains. J'aimais écouter les pas feutrés, les chants et les êtres de la nuit. J'en croisais. J'en voyais. Ils n'avaient pas peur de moi, ne fuyaient pas. Mon odeur se mêlait à celle de la forêt.

Au bout du chemin, j'ai vu le piège à loups. Mal dissimulé dans les feuilles, il avait pourtant fait son œuvre. Ses mâchoires de fer ensanglantées retenaient une patte de loup. En la tranchant lui-même plutôt que de rester prisonnier, il avait préservé sa liberté. J'ai écarté les mâchoires et enfoui la patte dans ma poche. Je ne sais pourquoi. Je ne voulais pas de la prime des tueurs de loups. Je crois que je voulais surtout ne pas la leur laisser, qu'ils ne profitent pas du courage du loup, qu'ils ne se vantent pas avec leurs gros rires et le verre à la main dans la chaleur du bistrot.

J'ai pris un autre chemin, celui qui passait devant le vieux puits, à côté de la borie en ruines. Sous les mousses parlaient les petits êtres.

C'est un peu plus loin, dans la petite clairière enserrée de chênes courts que j'ai vu la voiture et entendu la voix de l'autoradio. C'était une 205 de couleur sombre. La portière avant était ouverte côté conducteur. Le visage du chauffeur était pâle sous la lumière du plafonnier. Son corps pendait sur le côté, ses bras enfouis dans la mousse et la touffe de menthe fraîche. Je l'ai remonté en le prenant par les épaules. Sa main droite était tranchée au niveau du poignet et le sang gouttait encore. Rouge. J'ai porté ma main à la poche et saisi la patte. Elle était devenue main. Rouge. Je la posais doucement sur la mousse.

À la radio, la voix d'une jeune fille racontait sa première fellation aux auditeurs. Solitudes d'espaces sombres, voix de personnes invisibles. Elle insistait bien sur la main caressant sa nuque et appuyant son front. Elle n'omettait rien, tel un œnologue commentant des vins agréables au palais, ou un peu courts en bouche. Sa voix se faisait langue et les réponses de l'animateur devenaient ordres et prières.

Quand, assis à côté du corps, j'ai tourné le bouton, j'ai entendu la voix du conteur. C'était une histoire de lièvres et de sabbat. De ces nuits de chaleur et de soufre durant lesquelles les jeunes filles porteuses du dessin de l'oreille de lièvre sur leur sein ou derrière le genou séduisent les maîtres de la nuit. Paroles de pouvoir, corps roulés dans la mousse des forêts. L'histoire suivante, était une histoire de jardins dans une ville endormie. Des jardins peuplés de revenants, de loups et d'êtres minuscules, des jardins avec une pluie pour flaques lunaires.

Je sentais que l'heure approchait et suis revenu sur mes pas, jusqu'au cimetière, devant l'entrée de ma maison. Il y avait de la lumière, la porte ouverte, je suis entré. Il est minuit.

Quand je me suis réveillé, ma bouche sentait l'alcool et le tabac. J'avais soif. Il faisait nuit. Mon réveil était arrêté. Lentement, j'ai fini de m'éveiller. Je me souvenais à présent de la soirée passée avec les deux copains et les deux touristes hollandaises dans les jardins. Nous avions disputé le premier match de rugby de la saison durant l'après-midi et beaucoup bu ensuite. Les deux filles étaient entrées dans le bar. Nous leur avions fait place, continuant à boire avec elles, pendant que celui que l'on appelait Petit Ballon de Rouge, chantait de vieilles chansons de Tino Rossi. Comme nous, elles buvaient du berger-menthe. C'est un mélange sucré qui parfume la bouche et alourdit les jambes. Nous ne savions où aller avec elles, ni comment nous y prendre. Alors nous sommes partis pour le grand jardin, fermé à cette heure, dont nous avons enjambé la clôture. Nous regardions leurs cuisses quand elles ont passé le grillage. Alain marchait devant et ne lâchait plus la taille serrée au moment du passage. Jean-Pierre et moi allions derrière l'autre fille. La pluie qui commençait à tomber ne nous gênait pas. Nous sommes allés vers le sous-bois, nous écartant un peu les uns des autres.

Leurs cuisses sentaient la mousse et leurs corps nous dominaient. Elles allèrent de l'un à l'autre et nous chevauchèrent comme on voyage dans la nuit. Quand le car a klaxonnée, nous n'avons pas bougé. Les buissons nous dissimulèrent au groupe que nous entendîmes sans le voir. Nous ne comprenions pas ce qu'il faisait là. Ce sont elles qui ont décidé les premières de repartir, elles marchaient devant nous, et passèrent seules le grillage en nous montrant leurs cuisses, comme pour dire au revoir. Nous sommes revenus seuls au café où nous avons encore bu, portant à nos lèvres des verres qui sentaient la menthe. Ma bouche était imprégnée et je décidais de quitter mon lit pour aller boire à la salle de bains. J'ai sauté à terre et senti en même temps que la douleur, mon corps aspiré par un grand vide.

J'entendais au lointain, dans la forêt de ma pensé les voix se demander, comment malgré les perfusions, mon corps de vieillard mourant avait pu trouver la force de sortir du lit avant de s'effondrer. Noir. Rien.

Nul ne sait d'où vient le texte, nul ne sait où il va. Nous croisons des jours et nous croisons des nuits, certaines sont singulières car elles sont les plus longues, une autre ne finit pas.

Très court silence. Brusquement changent les chants des oiseaux et des insectes.

La lumière les suit. Touche de blanc dans le bleu dominant.

Les silhouettes des hommes restent brouillées. Ils sont sept. Mal rasés, pas rasés.

Silencieux en ce jardin abandonné. Dans les rues, les ombres de la nuit croisent celles du jour. Ils ne peuvent les voir, les murs sont hauts. La mousse qui les couvre est encore noire. La fontaine ne coule plus. Herbes et fleurs mêlées, éclairs de parfums sous les pas lourds et fatigués.

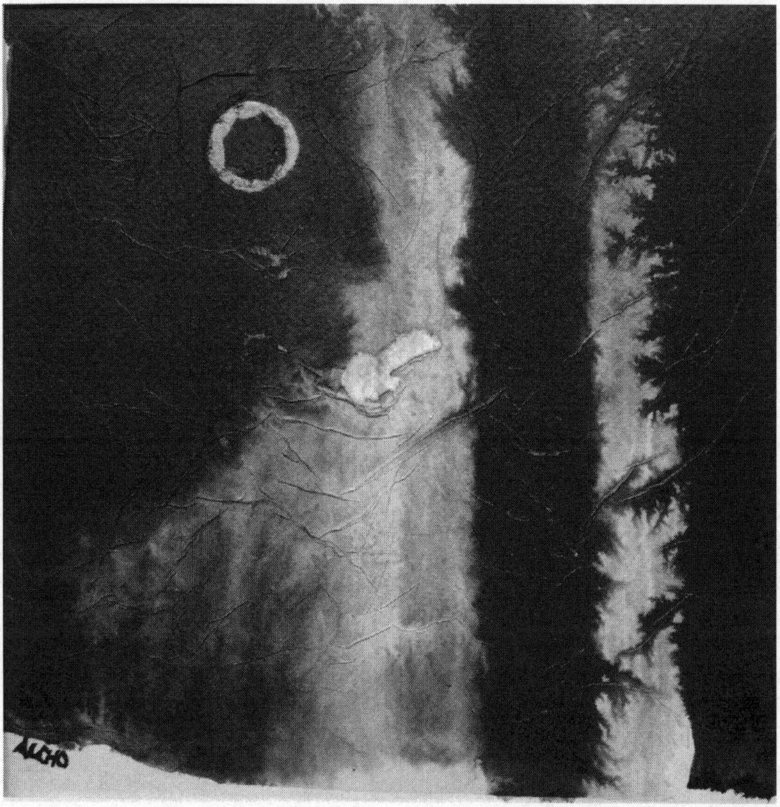

Les chemises collent à la peau. Ils ont beaucoup couru durant la nuit. Peu ont dormi. Les orangers et les eucalyptus sentent fort. Les sept hommes s'emplissent les corps d'odeurs. À chacun ses souvenirs, à tous cette douceur. Ils bougent peu. Certains fument. Parfums mêlés. Blancheur de fumée, couleurs de chemises.

Plus loin le car klaxonne. Comme un signal. Les gestes s'accélèrent. Il est poussé contre le mur. Odeur de mousse écrasée. Cinq hommes devant, un sur le côté. Parfum d'oranges et d'eucalyptus. Un ordre. Cliquetis. Deux ordres, lueurs rouges orangées, flammes bleues. Des pas isolés, une dernière détonation.

Il fait jour.

Nul ne sait d'où vient le chemin, nul ne sait où il va. Nous croisons des jours et nous croisons des nuits, certaines sont singulières car elles sont les plus longues, une autre ne finit pas. Une cave. Un sommier métallique où ils l'allongent.

Par le soupirail, le pied d'un arbre. Pas un gros tronc. C'est tout ce qu'il voit de l'arbre, tout ce qu'il sait de l'arbre.

Une fois ils ont entrouvert la fenêtre. Bref instant, odeur de menthe sauvage.

Lueur rouge du jour finissant.

Son corps nu étendu. Les trois hommes attachent les sangles. Trois hommes avec des mains fortes d'ouvriers du bâtiment. Il y a juste quelques mois, ils travaillaient avec lui sur le même chantier. Lui était contremaître. Souvenir du vin bu ensemble. Pourquoi ? Rien.

Eux ne parlent jamais. Plus tard entrera l'homme bien habillé. Odeur de cigarettes blondes. Il posera encore et encore les mêmes questions : « quels sont leurs noms ? », « lesquels connais-tu ? ». Il ne répondrait pas. Parler c'est dire qu'on sait, alors il faudrait encore plus souffrir, encore plus parler. Peut-être un nom ou deux. Ceux-là, il les sait déjà morts.

À la nuit, il revient dans la grande cellule. Entassé avec tous les autres. Chacun attend son tour d'aller dans la cave. Échanger des informations à tout prix. Attention, certains ont basculé. Il faut parfois rassurer. Il faut aussi menacer, celui qui craque, qui lâche, met les autres en danger. C'est par les questions posées à ceux qui se succèdent sur le sommier qu'on sait. Fragile barrière entre courage et trahison, fraternité et condamnation.

Il faut chier et pisser dans le seau, une seule sortie par jour pour les chiottes.

Puanteur, pudeur blessée.

S'endormir à tout prix. Rêves des petites rues de la ville, sa rivière, le jardin public avec la statue de femme nue. Des loups, pourquoi ces loups ?

Un autre jardin, abandonné celui-là. Cet homme fusillé parmi les odeurs d'orangers.

Chemise rouge de l'homme. Le sommeil l'écarte de lui-même. Corps qui bougent. Voix qui chuchotent. Lueur d'un jour nouveau à attendre.

Un peu d'eau, un peu de nourriture. Sortie pour les W.C. Retour. Paroles échangées. Calmer son angoisse. Penser à sa femme qui vient d'accoucher. Vie qui se prolonge.

Lueur rougeâtre. Le bruit des pas du soir. C'est pour lui.

La cave. Son corps nu, sanglé sur le métal, bras et jambes écartés. Ils jettent de l'eau sur lui, placent les pinces des électrodes. D'abord les testicules, puis la pointe des seins. Ce soir, ils lui ouvrent la bouche et pincent la langue. Regard qui s'échappe par le soupirail. Chercher l'arbre. L'enlacer. Le corps se cabre de tous les muscles, de tous les nerfs. Une flamme dans le cerveau. Rouge.

La nuit est tombée. Les trois hommes sortent le corps dans le jardin. À trois on creuse vite un trou, on enterre vite un corps.

Ils sont silencieux. Au loin sur la route, un car klaxonne. Leur journée de travail est finie. Ils rentrent chez eux. Un, retourne sur ses pas, brise une branche à l'acacia. Il la plante dans la terre fraîche, juste retournée.

Que va-t-il manger ce soir ? Oublier le jour en buvant du Gato Negro. Vin, champagne pour amnésie. Égoïsme et confort contre misère. Comme quand remonte la puanteur des égouts de l'Histoire que l'on dit officielle.

ALCHO

Jardin labyrinthe

Contes de Daniel L'Homond

Nul ne sait d'où vient le chemin,
nul ne sait où il va nous croisons
des jours et nous croisons des nuits,
certaines sont singulières,
car elles sont les plus longues,
une autre ne finit pas.

J'ai encore marché dans la nuit singulière,
dans les rues endormies.
Toujours des lumières derrière les portes
et les fenêtres.
Lumières de souvenirs.
Si je pousse ces portes et ces fenêtres,
que trouverai-je à l'intérieur ?
Visages aimés ou lumière oubliée ?
Nuit singulière ou nuit sans fin.
Il faut pénétrer dans le jardin labyrinthe.
Pas le choix.

Vagues jardins

L'entrée. Terrain vague au devenir flou. À marée basse l'eau des vagues de la pluie n'a laissé que des flaques et des débris.

Vieille bouteille au message effacé, vieux morceaux de bois dans ce jardin de boue et de mensonges. Plus tard poussera un supermarché, des garages, voire ce qu'ils nomment un jardin public. Ils l'appellent ainsi justement parce qu'il n'est pas fait...pour le public. Des fois des silhouettes le traversent afin de gagner un peu de temps. Temps de quoi ?

C'est compliqué de penser ces publics jardins, jardins pas pour les gens. Il faut d'abord un arrêté mendicité agressive. Pas plus de deux personnes à la fois, pas de chiens compagnons.

Ensuite il faut installer des bancs sur lesquels il est difficile de s'assoir et de se lever, surtout les vieux.

Enfin il est nécessaire d'interdire les ballons aux enfants et les courses libres aux chiens. Le jardin public est achevé lorsque les vieux, les pauvres, les enfants, les chiens n'y vont pas. Plus de risque de contagion.

Avant que n'aient poussé le supermarché, les garages, le jardin public sans personne, avant qu'un quelconque ruban n'ait été coupé par les ciseaux des discours débilitants et nombrilisants, il faut traverser le jardin de boue.

Pour y parvenir, il est nécessaire d'utiliser un chemin de planches laissées là par les ouvriers du chantier. Attention certaines sont pourries, elles séjournent depuis trop longtemps. Pourries par la pluie du temps ou bien de mauvaise qualité. Pas franc, bois de cagettes de supermarchés. Bien choisir le chemin pour progresser, choisir librement, sincèrement.

Dans les vagues jardins, demeurent toujours des touffes d'herbes sauvages et quelques ronces. Là, il y a un vieil arbre rescapé, oublié. Un acacia, noueux, plein d'épines. Aucune finalité, utilité, planches possibles. C'est bien ce qui le rend indispensable.

Prenez le temps de le regarder, pensez à lui et il deviendra votre chemin. C'est lui le jardin d'entrée du labyrinthe.

Jardins de nègre blanc

Le nègre blanc pousse en de petits jardins. Peu de terrain, peu de place. Ce serait inutile, ses racines coupées par des sécateurs des bonnes paroles et des lieux communs sont courtes. Parfois cependant, il arrive qu'elles renaissent et dès lors il pousse dans des jardins infinis. Infinis comme sa pensée. Jardins de rêves qui submergent le petit bout de terrain jadis octroyé sous la puissance des vagues de pensée.

La plante nègre blanc est utilisée dans les tâches d'écriture.

C'est avec elle que sont rédigés les livres que nous signons de notre nom de blanc nègre. Blancs qui veulent laisser à la postérité le récit d'une fausse histoire, blancs qui veulent faire les intéressants et échapper à la nuit infinie. Regardez j'étais poète, regardez j'étais penseur, regardez j'étais artiste.

Livres masques, noircis de mensonges comme autrefois les musiciens de jazz blancs noircissaient parfois leurs visages. Blancs devenus nègres pour faire croire, pour duper encore et encore. Mais les masques ne se mettent que sur le visage, pas à l'intérieur de nous. L'éternité ne se paie pas avec de la petite monnaie, de la monnaie de singe.

Faire croire, c'est ne pas croire soi-même. Entrer dans la nuit infinie avec des masques et des médailles, c'est essayer de la transformer en une pauvre pièce de théâtre jouée devant un public ignorant. Théâtre des hommes pour ignorance voulue, choisie. Course de gras dirigeants face à des culs de jatte. Jambes coupées par une scie de publicité, mensonges, refus de partager notre maigre savoir. Décervelage et gavage des oies que nous sommes.

Applaudissez-moi, serrez-moi la main, je vais guérir vos maladies.

Mais ne soulevez pas mon masque.

Le nègre blanc dont les racines ont repoussées, ne pourra croître en de tels jardins. L'histoire, les histoires qui fondent chacun de nous, circulent comme la sève, la vie. Les couper c'est mettre un masque et la nuit infinie pourrit les masques sur nos visages. Reste l'amour, la petite flamme espérée, la lumière désirée.

Jardin du Minotaure

Ce qui rend le Minotaure encore plus dangereux, c'est qu'il aime se travestir. Pour mieux tuer. Dés l'enfance on lui enseigne le port du costume trois pièces, de la cravate et de l'attaché case.

Dès sa jeunesse il apprend à parler de façon onctueuse, enveloppante, péremptoire. Il conte des comptes pour mieux hypnotiser et que vous ne voyez pas les squelettes qui composent son jardin. Squelettes d'espoirs meurtris, oubliés, cadavres de toutes les pensées. Le Minotaure vieillissant répand sur lui eaux de toilette et parfums pour mieux marquer l'odeur de pourrissement qui accompagne ses pas.

Traversez le jardin sans l'entendre, sans le regarder. N'oublier pas que dans un labyrinthe c'est vous qui choisissez le chemin.

Le jardin du conteur

Dans le labyrinthe, il y a un jardin du conteur. Seul espace à traverser pour nous apaiser un peu. Comme l'on tend des bouteilles d'eau aux coureurs de marathon. Tantôt il apparait, tantôt il disparait. Un récit écouté lui donne vie, des oreilles et un coeur fermés détruisent son existence, obstruent le labyrinthe.

Le conteur crée les chemins de l'univers, les faux prophètes y disposent des panneaux indicateurs erronés pour que l'homme s'y égare.

Dans le jardin du conteur poussent branches et bosquets de récits et arbres de mythes.

La mandragore côtoie la menthe sauvage et l'orchidée inconnue.

Les allées ne sont pas de gravillons ou de boue mais de pierres philosophales. Le minotaure a nom et prénom, se nomme Martin Gaillard et cueille des fleurs qui repoussent aussitôt.

Il vous enjoint seulement de vous débarrasser des médailles, de l'argent, des préjugés, des paroles viles et sournoises qui alourdissent votre marche. Gare à vous si vous êtes parjures. Tant pis pour vous, si des miteux encombrent toujours le fond de vos poches. Entraînés par leur poids devenu énorme, ils vous entraîneront au fond de la rivière qui traverse le labyrinthe et le minotaure vous regardera vous noyer et cela le fera rire. La rivière, qu'elle soit d'eau, de vin ou de miel n'est dangereuse que pour ceux qui n'écoutent pas, n'entendent pas le sens du récit des plantes, du conteur ou du minotaure.

Avant nous

Elle disait :

– Chez moi, dans le jardin, en décembre, les deux châtaigniers bougent les bras. Parfois même, ils se déplacent la nuit.

Elle habitait au coeur, au ventre d'un jardin fantasque. Et le bleu de l'hiver bleu ajoutait de la magie.

Il lui répondait :

– Ce sont les phares de la voiture qui donnent l'impression que les deux châtaigniers bougent. Quand tu déplaces la source de lumière, ça déplace les ombres...

Mais elle disait :

– Non, j'en suis sûre, en décembre à la lumière de la lune molle, les deux châtaigniers bougent. Je sais que je ne crains rien d'eux, ces deux châtaigniers m'aiment d'amour...

Il ne répondait plus rien, se contentant de hocher la tête vers le haut, puis doucement, très doucement vers le bas. Une manière de ne pas s'engager, de ne pas juger. Une manière d'homme, quoi. Mais il ne faut pas lui en vouloir : les chemins de la vie sont si pentus parfois qu'on n'arrive plus à les remonter.

Elle disait encore :

– Si tu venais un soir, avant la Noël, je suis sûre que les deux châtaigniers en seraient heureux. Quand ils sont contents, ils sourient. Je sens les deux châtaigniers sourire, c'est comme un glissement de feuillages parfumé. Je sais cela parce que je vis au coeur, au ventre d'un jardin fantasque.

Il ne hochait plus la tête : un apprentissage en somme.

Un soir frisquet d'avant la Noël, il est allé visiter cette femme douce au mitan du jardin fantasque. Il avait prévenu son arrivée d'un message au téléphone.

Elle l'attendait sur le seuil. Le seuil de tous les passages. Seuil-accueille-effeuille. Et dans ses phares, il a vu bouger les deux châtaigniers. Il a vu les gestes amples comme des bénédictions de chamanes. Des gestes sacrés et branchus. Des gestes syllabes de sève et d'écorce. Et le sourire caressé, il l'a vu ! Oui, de ses yeux vu ! Les deux châtaigniers souriaient ! Elle avait raison...

Voiture garée au bord du chemin, il est passé sous la lune. Il est entré. Elle a refermé la porte avec lenteur. Elle sentait bon un feuillage parfumé. Elle a montré le jardin fantasque d'une main calme, elle a chuchoté :

– De toute façon, les deux châtaigniers savaient que tu viendrais. Ils le savaient avant nous.

Bredouille le jardin

Il revenait de la chasse bredouille, malgré son double-bras, un bâton encoché à un autre pour le lancer plus loin. D'autres tribus appellent cela un propulseur. Les siens, le clan des Ormes, appellent ça un double-bras.

En attendant : bredouille. Il allait se faire moquer. Les Ormes ne risquaient pas de mourir de faim car le gibier abondait, et parmi ses frères et cousins, se trouvaient pas mal de chasseurs émérites. Des types qui ont ça dans le sang. Lui non. Ni la pêche, ni le bricolage. Lui, son truc c'est plutôt d'inventer des rêves d'argile. De bâtir en songes des grottes, des cahutes en terre, des espaces cultivés. Bien sûr en imaginant les hommes et les femmes qui vivent là. Son petit grain de folie.

Bredouille... Alors quand il arrive au camp, juste à côté de la grotte qui domine la rivière, l'eau-qui-descend, il décide d'inventer. La nuit va tomber. Les feux sont prêts. Les enfants piaillent. Les adultes questionnent :

– Et toi, homme, qu'as-tu rapporté de ta chasse ?

– Moi, je n'ai rien rapporté qui se mange... mais après le repas, si vous le permettez, je vous raconterai comment j'ai manqué le grand cerf rouge, et comment j'ai croisé les corbeaux verts qui partaient en silence. Comment les Ormes, nos arbres frères ont engendré des hommes. J'ai aussi découvert une source d'eau de pomme, j'ai trouvé et des fruits qui parlaient. Puis, j'ai senti un souffle sur ma nuque, je me suis retourné, et c'était un jardin hanté... je vous expliquerai ce qu'est un jardin après manger si vous êtes d'accord...

Ils furent d'accord. Le chasseur bredouille mangea à sa faim. Sa fiancé inquiète tout de même, mais à ses côtés. Et le repas terminé, les chevreuils rôtis et les châtaignes grillées, on lui demanda de raconter.

Et il conta, il conta ses rêves de poudre d'argile, et s'appliqua à trouver les mots qui réveillaient des parfums oubliés. Il expliqua que l'on pouvait commander les herbes, les fleurs, que l'on pouvait ranger les pierres et fabriquer un endroit, un endroit protégé sur terre. Ça s'appelle un jardin. Il suffit de prendre ailleurs les herbes et les arbres avec leurs racines et de les replanter. Souvent, ça marche. Il faut que la pluie et le soleil fasse bon ménage aussi...

Le conteur se souvint d'aller chercher au fond des cervelles et des âmes non ce qui l'éloignait des autres, mais bien ce qui le rapprochait des autres. IL ne parla pas de clôture ni de gardien. Trop tôt.

Il était jeune encore, parmi les premiers conteurs, et il avait six cents mille vies pour apprendre à conter.

Californian garden

Même s'il croyait aux Lébérou, mauvais oeil et autres jeteurs de sorts, il avait bâti sa vie sur du solide. Il était devenu un ponte dans les Assurances. Mais pas n'importe où : en Californie. Il avait tellement gagné de dollars qu'aujourd'hui il sirotait sa retraite dans un quartier huppé de Los Angeles. Ses voisins, des stars du sport et du cinéma, redoublaient de caprices et d'inventions pour émailler leurs quotidiens.

Lui, à part son manoir de quatre étages, genre chalet suisse, vivait simplement. À dire vrai, il aurait tant aimé retrouver son pays natal en Périgord. Mais une gitane lui avait prédit :

– Si tu poses les pieds sur la terre du Périgord, tu mourras sept jours après...

C'était sans appel...

Alors, malgré les supplications de sa femme, une Californienne bronzée, malgré les skypes de ses amis d'enfance, il n'avait pas remis les pieds en Périgord.

Une fois, une fois, il s'était approché du pays : il était allé en Quercy voisin. Une fois aune autre fois, il avait survolé en hélico sa terre du Périgord. Mais il ne s'était pas posé... Crédule, naïf et tout ce qu'on voudra, mais il ne voulait pas mettre ses pieds sur sa terre du Périgord.

Le nouveau voisin, un célèbre joueur de base-ball, venait d'emménager.

À l'américaine, il avait déposé des invitations dans tout le voisinage, et vous appelait par votre prénom, main sur l'épaule, comme si vous étiez de vieilles connaissances. Il avait donc convié le Périgourdin à sa pendaison de crémaillère qui serait pharaonique.

Toute la semaine qui a précédé la fiesta, une noria de camions, traiteurs, décorateurs allaient et venaient en grand cérémonial de mamamouchi : la star faisait arborer le nouveau jardin de sa propriété... Une armée de jardiniers creuseurs et râtisseurs... Un architecte paysagiste aux cheveux verts et son ordinateur... Une paysagiste body-buildée aboyait ses ordres.

Le soir, le fameux soir, le Périgourdin et sa compagne, sur leur trente-et-un, sont arrivé à pieds, en voisins. En marchant avec eux, du portail jusqu'au perron, le joueur de base-ball a expliqué au Périgourdin :

– Nous avons un point commun, tous les deux : les péripéties de la guerre ont amené mon grand-père en Périgord, en 1944, après le débarquement. Maquisard avec les maquisards, des aventures... Il en est revenu, par chance... Et c'est à Noël 45 qu"il a rencontré ma grand-mère, une fille de Sarlat ! J'ai un quart de sang français, mon cher ! Aussi, par respect, j'ai toujours souhaité couvrir mon jardin – et même mon allée d'entrée – de terre du Périgord...

Oui, mon vieux, la terre damée entre mon portail et mon perron vient du Périgord, je l'ai faite livrer la semaine dernière...

Jalousie jardin de Cadiot en hauteur

Plus nous montions vers les Jardins de Cadiot, et plus je regrettais le petit déjeuner avec le pain de seigle, le pâté de sanglier et le vin chaud matinal. Un rouge amical pourtant.

J'économisais mon souffle aussi.

Petit groupe de quatre personnes, chacun s'était chargé de quoi être utile. On venait de gravir le pech. Ce pech qui domine la Dordogne, est une colline qui rêve d'être une montagne. Moi j'ai senti le rêve du rêve dans les mollets et la poitrine. Je ne suis pas ce que l'on appelle un grand sportif. Il nous a bien fallu vingt minutes pour arriver en haut. Mais le challenge valait le détour ! De là haut, on pouvait panoramiser comme des belvédères !

Et c'était un délice de passer du Jardin de Poésie au Jardin Anglais, du Jardin Toscan à la Pivoineraie...

Je portais le dessert, une mousse chantilly. C'était pour midi. Nous nous sommes posés. Avons grillé deux ou trois cigarettes, bu au thermos. Et puis quelqu'un a parlé de manger. Quelqu'un d'autre a fait remarquer qu'il n'était même pas neuf heures... et qu'on venait de petit-déjeuner...

Mais une autre voix a dit qu'on pouvait changer les habitudes, et que les alpinistes, les randonneurs de haut niveau comme nous, ne devaient pas s'embarrasser d'horaires. Seul comptait l'effort et le dépassement de soi.

Le brouillard, la brume envahissait notre campement petit à petit. Et tout d'un coup, on n'a plus vu à un mètre. Un véritable brouillard de pech, compact, avec quelque chose du néant. Heureusement, tous les quatre nous tenions dans la pivoineraie. Nous avons allumé un camping-gaz et nous nous sommes serrés autour.

– On va quand même casser la croûte !

Nous avons ouvert les sacs à dos, il y avait un cassoulet maison qu'une habile cuisinière avait versé dans une bouteille de verre, celle avec un gros goulot pour les jus de fruits naturels. Une bouteille qui laissait passer les saucisses. Pour les confits, elle avait ajouté une boîte de plastique à côté. Il faut savoir faire face aux situations étroites. C'est notre premier grimpeur qui avait apporté une tourte de pain de seigle, le même que celui du matin. Pour le vin, notre dernier marcheur avait monté un cubi de bergerac. Il a bien supporté le voyage.

Mais la surprise est venue au dessert. J'avais oublié la mousse chantilly ! Pourtant, j'étais sûr de l'avoir glissée dans la poche arrière... Alors, dans le brouillard, une voix de caverne a fait :

– Découpez-vous chacun une bonne tranche de brouillard !

On s'est regardé sans vraiment se voir – rapport au brouillard. Mais avec un sourire en coin... La voix de caverne a répété :

– Découpez-vous chacun une bonne tranche de brouillard !

Nous avions déjà les Laguiole et Nontron à la main. Nous avons découpé chacun un morceau de brouillard comme un gâteau de chantilly aérienne ! Et ce brouillard avait un goût de début du monde ! De myrtille blanche, d'edelweiss et d'orchidée lumineuse ! On a mangé tout notre saoul ! On n'en revenait pas !

La voix de caverne s'est tue.

Ensuite, nous sommes restés longtemps à digérer... Et quand, en début d'après-midi, nous sommes redescendus parmi les humains des rives de la Dordogne, nous avons raconté la voix et notre festin de brouillard : personne n'a voulu nous croire. Pardi, nous dérangions les habitudes... et en plus, la voix de caverne nous avait choisis...

C'est ça, la jalousie.

L'abricotier pardon

Oui, il pouvait être fier de son abricotier dans son jardin. Chaque année, il donnait de superbes abricots, des fruits potelés, ambre et safran, des délices de chair et d'écume. Oui, chaque année, ce qui est plutôt rare car les abricotiers sont plutôt têtus et ne donnent pas vraiment tous les ans. Du moins, par chez nous.

Il possédait incontestablement le plus bel abricotier de Villefranche. Et même de toutes les villes franches. Il en était fier et ne donnait ses abricots qu'avec parcimonie, qu'au compte-gouttes. C'était devenu comme qui dirait son trésor. Et lui était devenu l'avare. Dans le pays, on se moquait un peu de lui avec ses abricots.

Quand il avait marié sa fille, il avait accordé un petit panier d'abricots pour la noce. C'était en juin. Un seul petit panier pour toute la noce, tant et si bien que les invités les ont laissés pour les nòvis, pour les mariés... et tant et si bien que le mariage est resté célèbre, on l'a surnommé « La noce des abricots » !

Et ce matin-là que le soleil blondissait sur Villefranche et son jardin, il admirait son abricotier, il le lorgnait sous tous les angles...

Est arrivé une vieille femme sur la route blanche. Une tâche sombre qui marchait comme une horloge. De moins loin, on était sûr que c'était une vieille sans l'horloge. Oui, la tâche sombre prenait corps. Une tête nue, deux bras un corps deux jambes en ronds de barriques. Elle portait des chaussures de marche qui lui enserraient les chevilles. Une vieille alerte aux yeux bleu des mers du Nord, au teint pâle, cheveux gris...

Quand elle a été devant l'abricotier, elle s'est arrêtée, a salué le maître de l'arbre d'une geste de la tête. Puis elle a admiré l'abricotier. Elle a dit :

– On dirait une gentille maman qui allaite ses petits. Cet abricotier est le plus beau que je n'ai jamais vu. Je ne dis pas ça pour vous flatter, d'ailleurs, il n'est peut-être pas à vous ?

– Si-si, il est à moi à fait le proprio un rien vexé...

Elle avait envie de goûter un bel abricot. Elle a a passé sa langue entre ses lèvres fines et sèches. Elle a même ajouté, un peu mendiante :

– Et les abricots doivent être délicieux, non ?...

Mais le proprio n'a rien lâché. Un abricot quand même... à quelqu'un qu'on connaît pas... Ah non...
La vieille est repartie sans rien dire de plus... et sans un seul abricot.

L'année d'après, dans le jardin, le bel abricotier, le superbe abricotier, l'élégant, le généreux abricotier a donné autant d'abricots que l'année d'avant. Oui, la vieille entre temps était devenue riche, plus riche que moi qui vous raconte cette histoire, oui, la vieille était devenue riche : en marchant, elle avait appris à pardonner...

Le jardin au notaire

Le vieux entra le premier, puis se ravisa et laissa passer sa femme. Il lui emboîta le pas et les deux fils suivirent, plus à l'aise.

Ça sentait la cire. Le notaire leur proposa les fauteuils, et ils s'assirent avec des précautions de collégiens au bureau du proviseur. Ils se sentaient gauches. Chacun se sentait un peu gauche. Et même si les fils, plus accoutumés aux rigidités boisées des offices, laissaient transparaître un sourire décontracté, le notaire a perçu tout de suite le malaise latent.

Ainsi, le vieux vendait le Jardin. Cette pièce de terre qui jadis servait de jardin et qui avait conservé son nom. Aujourd'hui le Jardin ne régalait plus que de tomates et de cosmos. La femme du vieux adorait les tomates d'Espagne et les cosmos de l'univers.

Le notaire transmettrait à l'acheteur qui n'a pu ou n'avait voulu se déplacer. Le vieux, de temps en temps, hochait la tête pour bien montrer son accord. Et bien vite, il se mettait à observer ses mains irriguées de veines. Il avait les doigts immenses, le vieux. Et les ongles fraîchement brossés de sa terre. De cette terre dont il allait se débarrasser aujourd'hui. La mère baissait les yeux. Les deux fils se rangeaient dans un assentiment de bon aloi.

Le vieux gardait en lui quelque chose du sanglier.

Le notaire continuait sa lecture monacale. Mais le vieux avait décollé : ses pensées foulaient son Jardin, un jour de pluie, avant la naissance du premier fils... Il sentit les larmes lui monter, mais il s'appliqua à les contenir. Son Jardin, son Jardin hérité depuis tant et tant d'années. Son Jardin qu'il tenait de ses parents à lui, qui eux-mêmes... et il lui sembla bien qu'il arrivait à la fin du parcours.

Ce qui l'assommait le plus, c'est qu'il ne pourra plus prendre la terre du Jardin dans sa main, la frotter entre ses doigts, et la refaire tomber à sa place. Il ne pourra plus sentir ensuite la complicité âpre et doucereuse de cette terre-là.

« – Un paysan qui vend ses terres est pire qu'un bandit ! »

Une scie qu'on serinait jadis. Mais jadis, un paysan vivait autrement.

Lorsque le notaire les raccompagna sur le seuil de sa double porte, leurs narines s'étonnèrent de ne plus s'agacer de la cire.

Dans la cour, avant de remonter dans la voiture, les deux fils embrassèrent le vieux et la mère ; et l'un d'eux colmata un peu la brèche ouverte :

– Vous avez eu raison. Merci. Vous verrez, cet argent fera des petits...

Le vieux sourit en ouvrant la portière, et quand il s'assit sur le cuir, à l'arrière, sa main chercha tout de suite celle de sa femme qui était entrée avant lui, de l'autre côté. Dans le rétroviseur, le fils qui conduisait griffa son oeil sur ce geste tendre. Il en déduisit que ses parents s'aimaient et qu'ils sentaient qu'ils avaient bien agi.

Le fils qui conduisait était calme, brillant, fort en affaires, gentil aussi ; mais il ne savait pas encore toute la palette des amours transpercées.

Pharamineux

Il était là, devant sa maison, à bricoler dans son jardin. Un chapeau de paille, un tablier vert, et des sécateurs à la main qui servent en toute saison ou presque.

Son jardin était devenu son oeuvre, sa création. Mais le pauvre homme n'avait pas la main verte, et ses cordeaux prenaient le chemin des écoliers. Ses massifs d'hélianthes et de verveine de Buenos-Aires jouaient les zazous... La santoline de ses allées se faufilait partout...

Il était là, derrière sa grille quand deux voyageurs sont arrivés. Ils étaient à pied, avec des sacs à dos. Le genre riche quand même. Et pas des tout jeunes. Plutôt des retraités aisés. Un couple visiblement. Un couple récemment formé parce qu'ils se touchaient les mains, ils s'envoyaient des regards d'harmonie...

– Pardon monsieur, a fait l'homme du couple au jardinier, pardon de vous déranger dans votre tâche, mais connaîtriez-vous un Jardin Potager hors du commun ? Les guides le mentionnent mais ne donnent pas d'adresse exacte. Et nous sommes des amateurs certes, mais tellement intrigués et nous aimons tant les jardins potagers typiques....

Le jardiner a pensé qu'ils veulent tous que ça soit typique mais pas trop touristique... Un jardin potager hors du commun... Et du typique, du typique c'est quoi ? Avec la mémé qui parle aux tomates devant vous ? Avec le fils qui joue de la vielle pour colorer le lilas ? Ou alors avec des escargots sur les sabots, des grenouilles sur les épaules ? Alors, le jardinier a répondu :

– Oui, je vois ce que vous cherchez... Écoutez, il y a un jardin potager en plein bois, vers là-bas, il est un peu paumé, il faut le dénicher. Vous voyez ces bois là-bas... Faut passer par là...

(Le jardin n'existait pas, mais le jardinier pour la première fois de sa vie – et comme envoûté par ce plaisir neuf – le jardinier inventait un mensonge...)

– Vous pourrez découvrir le mélange subtil entre un jardin japonais, genre Rikugien, et une cité lilliputienne de cornichons et concombres, pastèques et courges... Les musiciens, papillons et butineurs, improvisent aubades ou sérénades pour chaque visiteur... On dit aussi qu'entre deux rangées de choux, la mâche joue à cache cache avec les cosmos... Et une kyrielle de sauge, romarin, menthe et sarriette enlumine vos narines...

– Ah messieurs-dames, ce jardin pharamineux, c'est un paradis, une bénédiction...

– Merci Monsieur, merci bien, nous y allons de ce pas... Et le couple partit tout guilleret...

Et le jardinier, le jardinier lui qui ne mentait jamais, même pas à son percepteur, le jardinier s'est dit qu'un si beau jardin potager, ça devait être vrai... Tel Don Quichotte qui ne doute pas...

Alors il s'est changé, il s'est mis sur son trente-et-un. En nouant sa cravate, il a réfléchi un peu... Ça serait bien extraordinaire, incroyable même... mais après tout, si ce jardin potager existait vraiment ?

Alors, tel Sancho Pança qui va voir – en cas – il a filé aussi vers le bois pour s'émerveiller de ce fabuleux jardin potager...

Anglia

On était plusieurs familles au bord de l'eau, dans un jardin agréable agencé spécialement pour « faire vacances ». La municipalité avait conçu brillamment un jardin à l'anglaise sur la rive, et à la française vers l'intérieur. Comme ça se fait maintenant. Baignades et grillades, musique et sangria.

Et puis est arrivée par la rivière cette statue de bois. Les enfants l'ont vue les premiers. Ils ont crié : des Anglais l'ont sortie de l'eau. C'était une femme grandeur nature, habillée d'une vaste tunique, un bras étendu qui montrait quelque chose. Elle avait le regard intense... enfin, le regard de la sculpture de bois, le sculpteur avait eu le talent de faire ressortir le regard. Un regard à la française.

On a transporté la statue sur la rive. Lourde, il fallait s'y prendre à quatre, quatre hommes. On l'a dressée. Elle avait fière allure avec son bras qui nous montrait la partie du jardin à la française. Elle devait être en noyer du Quercy pour être si lourde ! (C'est ce que j'ai dit.)

Le soir même, on a chanté autour du feu, dans la nuit. Un des campeurs anglais avait une guitare. On a chanté pour la statue en anglais, en français, en patois, en yaourt... Les enfants ont dansé autour. C'est là qu'on a remarqué que la partie du jardin à la française se trouvait au soleil levant. La statue montrait donc le soleil levant.

On a inventé un nom pour la statue. Surtout les Anglais. On l'a baptisée Anglia. Anglia la statue. C'est joli, Anglia, on pense au Norfolk. Ça lui allait bien, ils semblait même qu'elle souriait.

Quelques jours plus tard, la statue était devenu le centre de notre petite communauté de vacanciers. On s'y retrouvait autour.

Il y a eu ce jeune couple qui nous a annoncé :

– C'est aux pieds d'Anglia que nous voulez vous dire que Johanna et moi, nous venez nous marier. Anglia nous portera la chance et amour...

On a applaudi. Notre premier mariage mixte : une Française et un Anglais. C'est l'Anglais qui vient de faire l'annonce. Puis on a partagé le vin rouge et la bière.

Le lendemain, un vieux célibataire a ceint le front d'Anglia d'un collier de feuilles de noisetier. Le bougon n'a pas dit pourquoi, mais on a compris.

Trois jours après, il a rencontré une veuve qui venait poser une pensée au pied d'Anglia ; une pensée pour feu son mari. Et le feu a pris ailleurs.

Notre divinité nous est restée une bonne dizaine de jours, jusqu'à temps qu'un sculpteur hirsute d'un village en amont vienne réclamer son dû. Il nous a expliqué le naufrage de la statue pendant un transport en barque, et un tas de détails prouvant que notre Dame lui appartenait. Cet iconoclaste mal coiffé nous a agité sous le nez une attestation du maire de son village, et patin couffin...

On a cédé notre foi de bois ; et ce soir-là au jardin, il n'y a eu ni brasero, ni grillades, ni chansons... Rien de pire qu'un dieu déchu. Sommes-nous curieux quand même, nous autres les humains, mi couillons mi-divins...

Hommage

Il faisait froid. « Frisquet ! » aurait-elle nuancé en s'engonçant dans sa peau de cerf. Il chassa l'image d'un revers de la main. Comme pour une mouche d'été en hiver. Elle revenait parfois le visiter. Pas le hanter, juste colorer ses images dans sa tête.

Les pierres prenaient des postures sous le vent. Elle aimait beaucoup les pierres... Elle en posait tout autour de son abri, en rond comme une vague dans le lac. À l'intérieur du rond, elle coupait des herbes ; elle en rajoutait d'autres qu'elle avait déterrées ailleurs. Parfois, elle replantait des fleurs. Ça ne servait à rien ce qu'elle faisait.

Elle aime toujours les pierres sans doute, mais l'homme, celui qui pense à elle, n'est plus avec elle.

Il lui monta une envie de tuer. Immédiate, saine, limpide comme un coup de poing. Une superbe envie de tuer qui embourba son poitrail. Mais il n'y avait personne. L'homme se contenta de soulever une pierre plate, une pierre large comme un marcassin pour la jeter, la briser. Il ne la jeta pas, il ne la brisa pas. Il la reposa gentiment. Il en souleva une autre. L'exercice le calmait. Puis une autre encore.

Embarrassé, il comprit qu'il s'était mis à porter des pierres sans vraiment le décider. Alors, par imprégnation d'elle, il s'appliqua cette fois pour trier. Avec une méticulosité de tailleur de silex. Des noires: des vieilles lauzes qui avaient subi les vents et les pluies et les soleils. Puis des blanches: des lauzes aussi, mais des plus jeunes aux pelages de lune.

En vérité, les noires n'étaient pas vraiment noires, ni les blanches vraiment blanches. Mais ça marchait ainsi : elle disait qu'on n'est jamais vraiment tout ce que l'on est. Et que les pierres noires ne sont pas plus les ennemies que les amies des pierres blanches. Que tout est dans l'oeil du regardeur, de l'inventeur. Comme une traque.

Il agença donc sur le sol : une noire-une blanche, une noire-une blanche... Un ouvrage pénible, lourd, lent pardi ! Il marchait parfois loin pour rapporter la pierre à côté des autres. Comme elle avec ses herbes. Après tout, son travail à lui serait celui du poids.

Pour que chaque lauze soit calée, à sa nouvelle place, il grattait un peu la terre dessous. Chaque blanche voisinait ainsi avec une noire.

Le vent se faufilait sous les aisselles de l'homme : sa peau de cerf pas assez serrée. Il paraît que la peau de renne protégeait mieux. Mais il n'y a presque plus de rennes. Les dieux de neige les ont appelées bien au nord du nord. Ou bien c'est une légende que les anciens aiment à raconter. Elle croyait à toutes ces choses. Finalement, ils ne seront restés que deux saisons ensemble. Elle est partie. L'homme songea à sa bouche de femme, à ses hanches...

Le parterre de pierres bicolore grandit peu à peu. Il faisait bien six ou sept pas de chaque côté. Plutôt sept. Les pierres n'étaient pas vraiment égales en surfaces, mais presque ; en tout cas, jamais une blanche ne valait deux noires. Ni l'inverse.

Il s'arrêta, fatigué. Travail achevé, l'homme cracha dans ses mains pour les adoucir. Peine perdue : ses paumes comme le feu ! Mais ses doigts embaumaient la terre, le profond, le salé ; quelque chose des truffes aussi.

Il releva sa tête vers le vent. Il lança un dernier regard bleu sur le noir et sur le blanc ; l'homme s'éloigna de son hommage. Un hommage pour elle, à elle, vers elle. Vers leurs amours distendues. Un travail pour quelque chose qu'on ne pouvait pas toucher. Comme une question devant le ciel, mais davantage qu'une question : une source à chercher.

L'homme en chagrin, l'homme du Paléolithique, ne ressentit pas tout de suite qu'il avait sacrément avancé – d'une belle enjambée – dans sa marche des deuils, des rites et des temps.

Et des jardins.

Autres jardins

Je sentais le bout du labyrinthe. Mon corps me le disait. Lourdeur, souffrance des pas. Mais le coeur plus léger dans la tête brumeuse.

Je franchissais encore d'autres jardins, presque sans les voir, comme un récit sans fin. À présent je n'étais plus perdu, comme si je m'attendais au bout du chemin.

Il y avait bien un jardin de statues de gens que l'on a dit importants. Statues qui prennent la pose sur un socle de sable grimé en pierre. Reproductions de leurs décorations.

Il y poussait des photographies, des plaques commémoratives, des cactus plein d'épines, de la misère et de l'oubli.

Les allées étaient jonchées de livres qu'ils n'avaient jamais écrits, emplis de fausses histoires. Mensonges éternels, à traverser sans regarder.

Il y avait également un petit jardin avec un vrai faux puits de vieux pneus peints en blanc et des nains de jardin en plâtre ou en plastique. Les uns avec des visages sympathiques et des outils sur l'épaule. D'autres à face de bouc puaient la méchanceté et la bêtise.

À présent le minotaure m'accompagnait avec un genre de casquette de guide sur son énorme tête. Il conseillait gentiment ma marche, faisait même preuve d'attention à travers quelques paroles gentilles. Parfois il me donnait des friandises pour oublier la souffrance du corps. Elles augmentaient la brume dans ma tête. Il me disait aussi de marcher là, plutôt que là, même du pied gauche…

Surtout il était un guide, qui n'obligeait pas à marcher en groupe, à rêver en rangs serrés ni à aduler un dieu ou un roi.

Odeur de sel et d'iode qui peu à peu me parvient.

Sous les galets, la plage, sur la plage le jardin

Sable blanc, galets noirs. Surface verte infinie, frangé de blanc et moutonneuse. Fracassements sur sable blanc, galets noirs. Voute sans teinte, bruit de fonds lancinant comme le vent faisant chanter les arbres.

C'est la sortie du labyrinthe, comme un immense jardin de prairies où se perd le regard.

Il m'accueille et m'aspire. Il est le jardin du bout du chemin, celui dont nous ne voyons pas les fleurs. Certains disent qu'il y en a sous la surface verte, d'autres disent sous la voute et certains qu'elles n'existent pas.

Ce jardin est-il celui du bout du chemin, où en ouvre-t'il un autre ? Ceux qui disent ne sont pas ceux qui savent, ceux qui savent ne sont pas ceux qui disent. Ils cherchent, ils marchent sans connaitre le bout du chemin, sans connaitre le bout du jardin.

Nul ne sait d'où vient le chemin, nul ne sait où il va nous croisons des jours et nous croisons des nuits, certaines sont singulières, car elles sont les plus longues, une autre ne finit pas.

Table

Jean-Paul Dumas

Créateur de la scène conventionnée de Terrasson, jusqu'en 2007

Créateur du festival *Conteurs du monde* à Terrasson en 1982

Créateur du festival *Les chemins de l'imaginaire* à Terrasson

Directeur de l'établissement public de coopération culturelle des *Treize Arches* à Brive depuis 2008

Daniel L'Homond (ouvrages déjà parus)

« Encore en guerre » (poésie, Éditions Urbaines)

« Périgord Noir », « Pyrénées » (légendes des photographies d'art, Éditions Francis Annet)

« Sacré quotidien » (nouvelles, Éditions Fanlac)

« Le Bestiaire » (récit, Éditions Fanlac)

« Les lieux disent » (essai toponymie contée, Éditions Fédérop)

« Lo Renat e la loba » (conte, Éditions institut d'Estudis Occitans)

« Dernières nouvelles » (contes/avec Bonnefon, Salinié, Chavaroche, Pajot, Éditons Fanlac)

« Anthologie du haïku en France » (poésie, participation sous la direction de Jean Antonini, Éditons Aléas)

« Contes de la Préhistoire » (dessins de sophie Trogneux, Édtions Sud-Ouest)

« Légendaire du Périgord » (contes, mythes et nouvelles, Éditions La Lauze)

« Vide-grenier » (conte, Éditions Paradox, Paris)

Achevé d'imprimer par Copy-Média

Mise en page : Éric Pradeau

ISBN : 978-2-91626-520-9
N° d'éditeur : 2-916265
Dépot légal : juin 2015
IFIE Éditions Périgord
78 rue Victor Hugo
24000 Périgueux